d

Friedrich Dürrenmatt

# *Minotaurus*

*Eine Ballade*
*Mit Zeichnungen*
*des Autors*

Diogenes

*Für Charlotte*

Das Wesen, das die Tochter des Sonnengottes, Pasiphae, geboren hatte, nachdem sie auf ihren Wunsch hin eingeschlossen in eine künstliche Kuh von einem dem Poseidon geweihten weißen Stier bestiegen worden war, fand sich, von den Knechten des Minos hineingeschleppt, die lange Ketten bildeten, um sich nicht zu verlieren, nach langen Jahren eines wirren Schlafs, währenddessen es in einem Stall zwischen Kühen heranwuchs, auf dem Boden des Labyrinths vor, das von Daidalos erbaut worden war, um die Menschen vor dem Wesen und das Wesen vor den Menschen zu schützen, einer Anlage, aus der keiner, der sie betreten hatte, wieder herausfand und deren unzählige in sich verschachtelte Wände aus Glas waren, so daß das Wesen nicht nur seinem Spiegelbild gegenüberkauerte, sondern auch den Spiegelbildern seiner Spiegelbilder: Es sah unermeßlich viele Wesen, wie es eines war, vor sich, und wie es sich herumdrehte, um sie nicht mehr zu sehen, unermeßlich viele ihm gleiche Wesen wiederum vor sich. Es befand sich in einer Welt voll kauernder Wesen, ohne zu wissen, daß es selber das Wesen war. Es war wie gelähmt. Es wußte nicht, wo es war, noch was die kauernden Wesen rundherum wollten, vielleicht träumte es nur, auch wenn es nicht wußte, was Traum war und was Wirklichkeit. Es sprang auf, instinktiv, um die kauernden Wesen zu vertreiben, gleichzeitig sprangen seine Spiegelbilder auf. Es duckte sich, und mit ihm duckten sich seine Spiegelbilder. Sie ließen sich nicht vertreiben. Es starrte auf das Spiegelbild, das ihm am nächsten schien, kroch langsam zurück, und auch sein Spiegelbild wich von ihm weg, sein rechter Fuß stieß an eine Wand, es warf sich herum und fand sich Kopf an Kopf mit seinem Spiegelbild, kroch vorsichtig zurück, sein Spiegelbild kroch zurück. Unwillkürlich betastete es seinen Kopf, und wie es ihn betastete, betasteten auch seine Spiegelbilder ihren Kopf. Es erhob sich, und mit ihm erhoben sich auch seine Spiegelbilder. Es sah seinen Leib hinunter und verglich ihn mit dem Leib seiner Spiegelbilder, und seine Spiegelbilder sahen ihren Leib hinunter und verglichen ihn mit ihrem Leib, und indem es sich und seine Spiegelbilder betrachtete, erkannte es, daß es wie seine Spiegelbilder beschaffen war: Es glaubte, ein Wesen unter vielen gleichen Wesen zu sein. Sein Gesicht wurde freundlicher, die Gesichter seiner Spiegelbilder wurden freundlicher. Es winkte ihnen zu, sie winkten zurück, es winkte mit der rechten, sie winkten mit der linken Hand, aber es wußte weder was rechts noch was links war. Es reckte sich, streckte die Arme aus, brüllte, mit ihm reckte sich, streckte die Arme aus und brüllte eine Unzahl gleicher Wesen, tausendfach scholl sein Echo zurück, schien endlos zu brüllen. Ein Glücksgefühl überkam es. Es näherte sich der nächsten Wand aus Glas, ein Spiegelbild näherte sich ihm ebenfalls, während gleichzeitig sich andere Spiegelbilder entfernten. Es berührte sein Spiegelbild mit der Rechten, berührte die Linke seines Spiegelbilds, die sich glatt und kalt anfühlte, vor ihm berührten sich in Spiegelbildern von Spiegelbildern die anderen Spiegelbilder. Es lief,

den glatten Spiegel berührend, die Wand entlang, seine rechte Hand die linke seines Spiegelbilds deckend, mit ihm lief sein Spiegelbild, und wie es nun die Rückseite der Spiegelwand zurücklief, lief sein Spiegelbild auch zurück. Es wurde übermütiger, sprang herum, überschlug sich, und mit ihm sprang und überschlug sich eine Unermeßlichkeit von Spiegelbildern. Aus dem Herumrennen und dem Sich-Überschlagen, aus den Sprüngen und dem Auf-den-Händen-Gehen – so groß wurde sein Übermut, weil die Spiegelbilder ja gleichzeitig dasselbe taten wie es, so daß es sich wie ein Anführer vorkam, mehr noch, wie ein Gott, wenn es gewußt hätte, was ein Gott ist –, aus dieser kindlichen Freude wurde allmählich ein rhythmischer Tanz des Wesens mit seinen Spiegelbildern, die teils spiegelverkehrt, teils als Spiegelbilder von Spiegelbildern mit dem Wesen identisch und wiederum als Spiegelbilder von Spiegelbildern von Spiegelbildern spiegelverkehrt waren, bis sie sich im Unendlichen verloren.
Das Wesen tanzte durch sein Labyrinth, durch die

Welt seiner Spiegelbilder, es tanzte wie ein monströses Kind, es tanzte wie ein monströser Vater seiner selbst, es tanzte wie ein monströser Gott durch das Weltall seiner Spiegelbilder. Doch plötzlich hielt es in seinem Tanz inne, stand starr, kauerte sich nieder, starrte mit aufmerksamen Augen, und mit ihm kauerten und äugten seine Spiegelbilder: Tanzend hatte das Wesen zwischen den tanzenden Spiegelbildern Wesen gesehen, die nicht tanzten und die keine Spiegelbilder waren, die ihm gehorchten. Das Mädchen, wie das kauernde Wesen widergespiegelt, stand unbeweglich, nackt, mit langen schwarzen Haaren zwischen den kauernden Wesen, die überall waren, vor ihm, neben ihm, hinter ihm, so wie es auch überall war, vor ihm, neben ihm, hinter ihm. Das Mädchen wagte sich nicht zu rühren, den angstvollen Blick auf das Wesen geheftet, das vor ihm kauerte und ihm am nächsten war. Es wußte, daß es nur ein kauerndes Wesen gab, daß die anderen kauernden Wesen Spiegelbilder waren, aber es wußte nicht, wer das Wesen und nicht sein Spiegelbild war.

FA 89

Vielleicht war es das Wesen, das vor ihm kauerte, vielleicht sein Spiegelbild, vielleicht ein Spiegelbild seines Spiegelbilds, das Mädchen wußte es nicht. Es wußte nur, daß seine Flucht vor ihm es zu ihm geführt hatte, und neben dem kauernden Wesen sah es sich selber gespiegelt, und weiter vor ihm sah es sich selber von hinten und neben sich ein kauerndes Wesen von hinten, und so fort durch endlose Räume. Die Hände über die Brüste gekreuzt, sah es gebannt auf das immer noch vor ihm kauernde Wesen. Es glaubte, es berühren zu können. Es glaubte, seinen Atem zu spüren. Es glaubte, sein Schnauben zu hören. Sein gewaltiger, mit einem fahlen lichtbraunen Pelz bedeckter Kopf war der eines Auerochsen, die Stirn hoch, breit und von verfilzten Wollhaaren überwuchert, die Hörner kurz und so gebogen, daß die Spitzen über der Wurzel standen, die rötlichen Augen schienen eher klein im Verhältnis zum Schädel, und die Umrandung, in der sie lagen, war erhöht, die Augen waren unergründlich. Der sanft geneigte massige Nasenrücken führte zu schiefgestellten Nüstern, aus dem Maul hing eine lange bläulichrote Zunge und unter dem Kinn ein zopfiger geiferverklebter Bart. Dies alles wäre zu ertragen gewesen, aber das Unerträgliche war der Übergang dieses Bullen zum Menschen. Über dem Auerochsenschädel wölbte sich ein Gebirge von struppigem und dann wieder abgeschabtem Fell, aus dessen Grannen und Strähnen zwei Menschenarme wuchsen, die sich auf den gläsernen Boden stützten. Es war, als ob der ungeheure Kopf und der Buckel über ihm aus dem Leib eines Mannes gewuchert wären, der sprungbereit vor dem Mädchen kauerte und dann wieder neben und hinter ihm. Der Minotaurus erhob sich. Er war gewaltig. Er begriff plötzlich, daß es noch etwas anderes als Minotauren gab. Seine Welt hatte sich verdoppelt. Er sah die überall widergespiegelten Augen, den Mund, die langen schwarzen Haare, die über die Schultern flossen, er sah die weiße Haut, den Hals, die Brüste, den Bauch, den Schoß, die Schenkel, wie das alles ineinanderging, ineinanderfloß. Er bewegte sich zu ihm hin. Es entfernte sich von ihm, während es sich anderswo auf ihn zu bewegte. Er jagte ihm durch das Labyrinth nach, es flüchtete. Es war, als ob ein Sturmwind Minotauren und Mädchen durcheinandergeblasen hätte, so wirbelten sie auseinander, durcheinander und einander entgegen, und als ihm das Mädchen in die Arme lief, als er mit einem Male den Leib fühlte, das warme, schweißgebadete Fleisch, und nicht das harte Glas, das er bis jetzt gefühlt hatte, begriff er – insofern man beim Minotaurus von Begreifen reden kann –, daß er bis jetzt in einer Welt gelebt hatte, in der es nur Minotauren gab, jeder eingeschlossen in ein gläsernes Gefängnis, und nun fühlte er einen anderen Leib, fühlte anderes Fleisch. Das Mädchen entwand sich ihm, er ließ es geschehen. Es wich zurück, die großen Augen auf ihn gerichtet, und als er zu tanzen begann, begann das Mädchen zu tanzen, und die Spiegelbilder der beiden tanzten mit. Er tanzte seine Ungestalt, es tanzte seine Schönheit, er tanzte seine Freude, es gefunden zu haben, es tanzte seine Furcht, von ihm gefunden worden zu sein, er tanzte seine Erlösung, und es tanzte sein Schicksal, er tanzte seine Gier, und es tanzte seine Neugier, er tanzte sein Herandrängen, und es tanzte sein Abdrängen, er tanzte sein Eindringen, es tanzte sein Umschlingen. Sie tanzten, und ihre Spiegelbilder tanzten, und er wußte nicht, daß er das Mädchen nahm, er konnte auch nicht wissen, daß er es tötete, wußte er doch nicht, was Leben war und was Tod. In ihm war nichts als ein ungestümes Glück, eins mit einer ungestümen Lust. Er brüllte auf, als er das Mädchen nahm, und in den Spiegeln nahmen Minotauren Mädchen, und das Brüllen war ein ungeheuerlicher Schrei, ein unwirklicher Weltschrei, als wäre nichts als dieser Schrei, der sich mit dem Schrei des Mädchens vermischte, und dann lag er da, und in den Spiegeln lagen Minotauren da, und der weiße nackte Leib des Mädchens mit den großen schwarzen Augen lag da und spiegelte sich in den Wänden. Er hob den linken Arm des Mädchens, er fiel herunter, den rechten, er fiel herunter, überall fielen Arme

herunter. Er leckte es mit seiner bläulichroten Riesenzunge, das Gesicht, die Brüste, das Mädchen blieb unbeweglich, alle Mädchen blieben unbeweglich. Er wälzte es mit den Hörnern herum, das Mädchen rührte sich nicht, kein Mädchen rührte sich. Er erhob sich, sah sich um, überall standen Minotauren und schauten sich um,
und überall lagen zu ihren Füßen weiße Mädchenleiber. Er bückte sich, hob das Mädchen auf, brüllte, klagte, hob das Mädchen dem dunklen Himmel entgegen, und überall bückten sich Minotauren, hoben Mädchen auf, brüllten, klagten, hoben Mädchen dem dunklen Himmel entgegen, und dann legte er das Mädchen zwischen die gläsernen Wände, legte sich zu ihm und schlief ein,
und mit ihm alle Minotauren, hingestreckt auf dem Boden voller weißer nackter Mädchenleiber.
Er schlief und träumte vom Mädchen mit den schwarzen Haaren und den großen Augen, jagte ihm nach, spielte mit ihm, riß es an sich, liebte es, und als er die Augen öffnete, war auf seiner Brust etwas in seinem verkrusteten Bart verkrallt.

Es streifte mit seinen Schwingen sein Flotzmaul und tauchte seinen nackten gelblichweißen Hals mit dem kleinen Kopf, den roten Augen und dem seltsam gebogenen mächtigen Schnabel irgendwohin neben ihm hinab. Auf den Wänden hockte ein fettes Dickicht von Federn, Hälsen, Augen, Schnäbeln, und über ihm kreiste es, den aufgrauenden Morgen verfinsternd, stieß herab, tauchte, riß, weidete, fledderte, wühlte, fraß, kreischte, flog davon, flog heran, stieß wieder herab, spiegelte sich im Herabfallen und im Hinaufsteigen, ohne daß er begriff, warum es herabstieß, hineintauchte, riß, hinaufstieg, herumkreiste, so sehr war er eingehüllt vom Geflatter und Flügelschlagen, und als es sich, immer höher kreisend, im überhellen Nichts des nun gleißenden Himmels auflöste, brach die Sonne durch die gläsernen Wände und brannte ihr Bild in sein Hirn als ein gewaltiges, sich drehendes Rad, das Feuergarben in den Himmel stieß zum Zeichen ihres Zorns über den Frevel ihrer Tochter Pasiphae, die ein Wesen geboren hatte, das, eine Beleidigung der Götter und ein Fluch den Menschen, verdammt war, weder Gott noch Mensch noch Tier, sondern nur Minotaurus zu sein, schuldlos und schuldig zugleich. Er sah das unermeßliche, sich hinaufwälzende Rad, er hielt die Augen geschlossen, er sah es dennoch, das Rad des Fluches, der auf ihm lastete, das Rad seines Geschicks, das Rad seiner Geburt und das Rad seines Todes, das Rad, das in seinem Hirn brannte, ohne daß er wußte, was Fluch, Geschick, Geburt und Tod war, das Rad, das sich über ihn wälzte, das Rad, worin er gerädert war, und wie er dalag, versengt von der Sonne und von ihrem endlos widergespiegelten Licht, bemerkte er schattenhaft einen Fuß, der seinem Fuß glich. Er dachte, es sei das Mädchen, es sei wieder beweglich geworden und wolle mit ihm spielen. Er hob seinen Kopf, und nun sah er zwei Füße, die zurückwichen. Er erhob sich. Vor ihm stand ein Wesen, das dem Mädchen glich und doch nicht das Mädchen war, das in der Linken einen zerfetzten Mantel und in der Rechten ein Schwert hielt, und der Minotaurus wußte weder,

was ein Mantel noch was ein Schwert war, er wußte nur – weil im blendenden Licht der Sonne die Wände kein Bild mehr zurückwarfen –, daß die Minotauren und die Mädchen ihn verlassen hatten, und auch das Mädchen, das er genommen hatte, mußte wieder beweglich geworden und fortgegangen sein, war es doch nicht mehr da. Er war ausgestoßen aus seiner Minotaurenwelt, allein mit dem Wesen, das, ihn beobachtend, zurückwich, stehenblieb, ihm entgegenging und wieder zurückwich. Der Minotaurus näherte sich ihm voll Wohlwollen, auch wenn er keinen Begriff für dieses Gefühl hatte, das anders war als jenes, das er dem Mädchen gegenüber gehabt hatte, weniger jäh, weniger gierig. Er freute sich, mit ihm in den Gängen zu spielen und zu jagen, vielleicht würde das Wesen ihn zu den anderen Minotauren führen und zu den Mädchen und zu den Wesen, die so waren wie dieses neue Wesen. Nur mußte er mit ihm sorgfältiger umgehen, zärtlicher, sonst würde es unbeweglich.
Der Minotaurus schnaubte freudig, und als das Wesen

wieder den Mantel schwenkte, begann er zu tanzen. Vor den im Sonnenlicht strahlenden Wänden bewegten sich die beiden wie Schatten, der tanzende und springende, in die Hände klatschende und dann wieder schnell stampfende Minotaurus, das sein Tuch schwenkende, vorrückende oder zurückweichende Wesen, immer wieder mit dem Schwert angreifend, das es unter dem Mantel verborgen ins Labyrinth mitgenommen hatte, den Minotaurus zu töten, und nun, wie es ihm gegenüberstand und es seine Arglosigkeit sah, schämte es sich. Der Minotaurus umtanzte es, umklatschte und umstampfte es. Er tanzte seine Freude, nicht mehr allein zu sein, er tanzte seine Hoffnung, die anderen Minotauren zu treffen, die Mädchen und Wesen, die gleich waren wie jenes, mit dem er nun tanzte. Er vergaß im Tanzen die Sonne, er vergaß im Tanzen den Fluch. Er war nur noch Heiterkeit, Freundlichkeit, Leichtigkeit, Zärtlichkeit. Er tanzte, und das Wesen umlauerte und umsprang den Minotaurus, und als die Sonne sank, wurden mit ihrem tausendfachen Spiegelbild

auch die Spiegelbilder der beiden sichtbar.
Der Minotaurus tanzte, glücklich, die Minotauren gefunden zu haben und die neuen Wesen, bald würde er das Mädchen finden, das er genommen hatte und das unbeweglich geworden und das dann fortgegangen war, und die anderen Mädchen, die von den Minotauren genommen worden waren und dann auch unbeweglich geworden und fortgegangen waren. Die beiden tanzten einander entgegen und tanzten einander auseinander, die Spiegelbilder trafen sich, deckten sich, durchschossen sich. Überall tanzte ein Minotaurus herum, drehte sich um sich selber, und überall sprang der Jüngling vor und sprang wieder zurück, federnd, dann wieder in Bocksprüngen, darauf wartend zuzustoßen, und als die Sonne hinter dem Labyrinth versank und die Wände tiefrot aufleuchteten, stieß er zu, sprang zurück, lehnte sich an eine Wand, starrte auf den Minotaurus. Der machte noch einige Tanzschritte, das Schwert in der Brust, blieb stehen, zog sich mit der rechten Hand das Schwert heraus,

betrachtete es verwundert, griff mit der linken
Hand nach der Brust, aus der es schwarz heraus-
quoll, warf das Schwert von sich, so daß es
über den Boden schlitterte, preßte auch die rechte
Hand vor die Brust, wankte, schien taumeln zu
wollen, stand wieder unbeweglich. Er war verwirrt.
Er begriff nicht, was seine Hände verfärbte,
und nicht den Schmerz, der in seiner Brust wütete.
Er fühlte nur, daß dieses Wesen, das ihn angesprun-
gen und etwas in seinen Leib gestoßen hatte,
ihn nicht liebte, wie ihn vorher alle geliebt hatten,
die Minotauren, das Mädchen, die Mädchen,
und wie er das fühlte, wurde er mißtrauisch, um so
mehr als er nicht denken konnte, zog doch
alles als Bilder in seinem Geiste vorüber und nicht
in Begriffen, als ob er in einer Art Bilderschrift
fühlte: Vielleicht hatte ihn das Mädchen gar nicht
geliebt, und auch die anderen Mädchen hatten
die Minotauren nicht geliebt, darum hatten sie sich
unbeweglich gestellt und waren fortgegangen.
Vielleicht gehörten sie dem neuen Wesen, das
ähnlich wie das Mädchen aussah und doch anders,

mit einem Leib, fast so kräftig wie der seine, und das ihn angesprungen hatte, wie die anderen neuen Wesen die Minotauren angesprungen hatten, die nun wie er die Hände auf ihre Brust preßten, aus der es schwarz herausquoll; und wie die sechs anderen Mädchen und die sechs anderen Jünglinge erschienen, einander die Hände reichend, so daß in den Spiegeln die Reihe der Herumirrenden nicht abzubrechen schien, sich vielmehr im Lichte des mächtigen Abends verdoppelte, vervierfachte, vervielfachte, und wie sie den Gefährten fanden, der an eine Wand lehnte und hoffte, der Minotaurus würde endlich zusammenbrechen, kam es dem Stiermenschen vor – hätte er den Begriff gehabt –, die ganze Menschheit bräche über ihn herein, ihn zu vernichten. Er duckte sich. Er fühlte sich bedroht, und um sich nicht zu fürchten, setzte er seiner Furcht den Stolz entgegen, den Stolz, Minotaurus zu sein, und was nicht Minotaurus war, war sein Feind. Nur die Minotauren hatten das Recht, im Labyrinth zu sein, in einer Welt, außer der es für ihn keine andere Welt gab – mottete doch nur ein vages Gefühl von Kuhwärme von den Ställen her, wo er aufgewachsen war, in seiner Erinnerung. Der Haß kam über ihn, den das Tier gegen den Menschen hegt, von dem das Tier gezähmt, mißbraucht, gejagt, geschlachtet, gefressen wird, der Urhaß, der in jedem Tier glimmt. Seine Augen wurden voll Wut. Aus seinem Maul trat Schaum, und wie der Jüngling sich von der Wand löste, weil er das Sich-Ducken des Minotaurus als dessen Sterben mißdeutete, überzeugt, ihn tödlich verwundet zu haben, und wie nun die Menschen, die Mädchen und die Jünglinge, um den Geduckten, dessen Wut sie nicht bemerkten, einen Kreis bildeten und ebenfalls jubelten und im wilden Ringelreigen um den Minotaurus herumtanzten, immer schneller, immer übermütiger, als wären sie gerettet, immer toller, ohne zu bedenken, daß sie schon allein durch das Labyrinth verloren waren – hätten sie doch auch beim Tode des Stiermenschen den Ausgang aus den ineinandergeschachtelten Spiegelwänden nicht gefunden –,

immer unvorsichtiger im Rausch ihrer vermeintlichen Freiheit, immer enger den johlenden Kreis ziehend, immer bedrohlicher in der hereinbre chenden Nacht, in der er nur noch Menschen sah und nicht mehr seine eigenen Spiegelbilder, da die herumwirbelnden und herumhopsenden Menschen ihm die Sicht auf die Wände des Labyrinths verdeckten, so daß diese ihn nicht mehr widerzuspiegeln vermochten, fühlte sich der Minotaurus auch von den Minotauren im Stich gelassen und verraten. Er rollte die Augen, schnaubte, ging tiefer, spannte die Muskeln, schnellte hoch, rannte an, nahm ein Mädchen auf die Hörner und verschwand mit ihm, es immer wieder hochschleudernd, im Labyrinth. Darauf, wutschnaubend zurückkehrend, mit blutverschmierten Hörnern – so oft hatte er zugestoßen –, fand er die Menschen eng in einem schattenhaften Knäuel zusammengedrängt, während sich über ihnen der hungrige Gefiederdschungel auf den Wänden schon niedergelassen hatte, ein dunkles Knäuel über einem dunklen Knäuel, ein

Geramsel, dessen Krächzen, Pfeifen, heiseres Schreien und Schnattern sich mit dem Angstgeheul der Menschen vermischte. Der Mond war irgendwo hinter dem Labyrinth am Aufgehen, die Nacht, nur spärlich von der versunkenen Sonne getönt, erhellte sich. Der Minotaurus griff an, stieß zu, in ein weiches Durcheinander von weißen Leibern, wühlte sich durch, stieß wieder zu, wälzte sich, trampelte herum, stampfte nieder, spießte auf, zerfetzte, schlug zu, zerschlitzte, während es um ihn herum niederstürzte, hackte, knackte, knirschte, riß, schmatzte, so daß der schreiende und heulende Menschenknäuel, in welchem der Minotaurus wütete, von einem dichten Geflatter kreischender Aasvögel eingehüllt wurde: Bartgeier, Schmutzgeier, Schopfgeier, Königsgeier, Kappen-, Kutten-, Ohren-, Kahlkopf- und Rabengeier, Kondor und Urubu schnappten, würgten hinunter, tauchten erneut hinein; ohne Unterlaß zustoßend, riß der wütende Stiermensch im Menschendurcheinander und -übereinander Glieder aus, soff Blut, brach

Knochen, wühlte in Bäuchen und Schößen, bis die struppige Wolke von Flügeln, Federn, Hälsen, Augen, Schnäbeln, Fängen und Krallen im Mondlicht sich aufgelöst hatte. Der Minotaurus war allein. Geblendet vom Mond, sah er auf den kalten Wänden seine Spiegelbilder wieder als schwarze Schatten, die sich ineinanderschoben und zusammenwuchsen zu einem Schattenlabyrinth im Labyrinth. Er hob die Arme, drohte mit den Fäusten, schüttelte sie, mit ihm hoben seine Spiegelbilder die Arme, drohten mit den Fäusten, schüttelten sie, was seine Wut derart steigerte, daß er sich mit gesenktem Stierkopf blindlings dem ersten Schatten entgegenwarf. Er durchbrach die Wand, suchte wütend in den Glassplittern das Spiegelbild, das doch das seine war, es schien ihm unter den Splittern begraben zu sein. Er stieß mit dem gewaltigen Kopf zu, und als er an der nächsten Wand sein Spiegelbild erblickte, begriff er immer noch nicht, griff es erneut aufbrüllend an, warf sich ihm kopfvoran entgegen, so wie es sich ihm kopfvoran entgegenzuwerfen schien.

Er prallte zurück, glotzte mit wütenden rötlichen Auerochsenaugen nach seinem Spiegelbild, das ihn wie er mit wütenden rötlichen Auerochsenaugen anglotzte. Er rannte wieder an, noch heftiger, prallte noch heftiger zurück, kam auf den Rücken zu liegen. Der Mond war immer noch hinter dem Labyrinth, aber er schien durch die Wände, sich in ihnen als Fast-Vollmond widerspiegelnd, die Zacken der Krater seiner noch nicht gerundeten Seite grotesk vergrößert, und so oft spiegelte sich der Mond wider, daß der Minotaurus in ein Universum aus Stein zu blicken glaubte, das von Narben durchzogen war. Auf diese Mondwelt starrend, fürchtete er, sein Feind habe sich erhoben. Er rollte sich auf den Bauch, der Verräter hatte sich zwar nicht erhoben, aber lauerte auch auf dem Bauch zu ihm herüber. Der Minotaurus rutschte seinem Spiegelbild entgegen, das sich ihm auf die gleiche Weise näherte, er war bereit, aufzuschnellen und sich über den andern zu werfen, aber indem er den andern beobachtete, spürte er, wollte er aufschnellen, die gleiche

Absicht in den Augen des andern. Er prägte sich das Gesicht des Verräters ein, pelzbedeckt, die breite Stirn von verfilzten Wollhaaren überwuchert, überhäuft von einem Berg von Glassplittern, die im Mondlicht bläulich funkelten, die kurzen gebogenen Hörner, der sanft geneigte Nasenrücken, das nasse Flotzmaul, die lange bläulichrote Zunge. Der Minotaurus keuchte, so daß der Dampf seiner Nüstern den Spiegel beschlug, dem er sich entgegenschob, worauf er sein Spiegelbild nicht mehr sah, strich, den Nebel zu verscheuchen, unwillkürlich mit der Hand über die Nässe, und überrascht, als hinter der glatten kalten Fläche das riesige Stierengesicht des Verräters unvermittelt auftauchte, schmetterte er mit der Stirn instinktiv zu, schlug mit ihr an die Wand statt auf die Stirn des andern, die in der Wand war und nicht außerhalb. Er stutzte. Er nahm von der Wand Abstand, funkelte sein Spiegelbild haßerfüllt an, und es ihn, schlug mit der rechten Faust zu, das Spiegelbild mit der linken, die beiden Fäuste trafen sich, erneuter Schlagwechsel mit dem gleichen Ergebnis, darauf schlug er mit beiden Fäusten zu, das Spiegelbild ebenfalls, schließlich trommelte er an die Wand. Er trommelte seine Wut, er trommelte seine Gier zu zerstören, er trommelte seinen Wunsch sich zu rächen, er trommelte seine Lust zu töten, er trommelte seine Furcht, er trommelte seine Rebellion, er trommelte seine Selbstbehauptung, aber auf einmal spürte er, daß dieses Wesen vor ihm, das ein Wesen wie er und dennoch sein Verräter war, weil es ein anderes war und weil alles sein Feind war, was nicht er war, nicht zu fassen war, unangreifbar war. Zwar hatte er gleich zu Beginn seines Erwachens im Labyrinth – von dem er noch immer nicht wußte, daß es ein Labyrinth war – gefühlt, daß zwischen ihm und den Minotauren etwas Geheimnisvolles lag, etwas Wandähnliches, aber da er mit ihnen dahingetanzt hatte wie ihr Anführer, wic ihr König, wie ihr Gott, dahin durch das Weltall der Minotauren, hatte er nicht darauf geachtet, aber jetzt, nachdem er das Mädchen genommen und seinen Leib an den ihren und in ihren gepreßt hatte und nachdem er die Leiber der anderen Menschen mit seinen Hörnern durchstoßen und zerfetzt hatte, aus denen es warm und rot herausgequollen war wie aus seinem Leib, spürte er das Unwirkliche dieses Wesens vor ihm, das ihn zwar verraten hatte, aber auch voller Glassplitter war wie er, und vielleicht war sein Gesicht auch blutverschmiert wie das seines Verräters. Er betastete sein Gesicht, betrachtete seine Hände, auch sein Gesicht war blutverschmiert. Er beobachtete sein Spiegelbild mißtrauisch, tat, als ob er es nicht beobachtete, er fühlte, daß es etwas zu sein schien, was es nicht war. Er war entsetzt und neugierig zugleich. Er wich zurück, sein Spiegelbild ebenso, und allmählich ging ihm auf, daß er sich selber sich gegenüber befand. Er versuchte zu flüchten, doch wohin er sich auch wandte, stets stand er sich selber gegenüber, er war eingemauert von sich selber, überall war er selber, endlos war er selber, vom Labyrinth ins Unendliche widergespiegelt. Er spürte, daß es nicht viele Minotauren gab, sondern nur einen Minotaurus, daß es nur ein Wesen

gab, wie er eines war, ein anderes nicht vor ihm und
ein anderes nicht nach ihm, daß er der Vereinzelte
war, der zugleich Aus- und Eingeschlossene,
daß es seinetwegen das Labyrinth gab, und das nur,
weil er geboren worden war, weil es ein Wesen
wie ihn nicht geben durfte, der Grenze willen,
die zwischen Tier und Mensch und Mensch
und den Göttern gesetzt worden ist, damit die
Welt in Ordnung bleibe und nicht zum Labyrinth
werde und damit ins Chaos zurückfalle, aus dem
sie entstanden war; und wie er das spürte, als ein
Fühlen ohne Begreifen, als eine Erleuchtung
ohne Erkennen, nicht als eine Menscheneinsicht
durch Begriffe, sondern als eine Minotauren-
einsicht durch Bilder und durch Gefühle, brach er
zusammen, und wie er dalag, zusammengerollt,
wie er im Leib Pasiphaes zusammengerollt
gewesen war, träumte der Minotaurus, er sei
ein Mensch. Er träumte von Sprache, er träumte
von Brüderlichkeit, er träumte von Freundschaft,
er träumte von Geborgenheit, er träumte
von Liebe, von Nähe, von Wärme und wußte

zugleich, wie er träumte, daß er ein Unwesen war, daß ihm nie die Sprache, nie die Brüderlichkeit, nie die Freundschaft, nie die Liebe, nie die Nähe, nie die Wärme zufallen würden, er träumte, wie Menschen von Göttern träumen, mit der Traurigkeit des Menschen der Mensch, mit der Traurigkeit des Tieres der Minotaurus. So fand ihn denn Ariadne schlafend vor. Sie kam tanzend mit ihrem Wollknäuel, den sie abrollen ließ, und tanzend, fast zärtlich, wickelte sie das Ende des roten Fadens um seine Hörner, tanzte dem Faden nach wieder hinaus, und als der Minotaurus erwachte, in einem gläsernen Morgen, sah er unzählige Male gespiegelt einen Minotauren auf sich zukommen, die Augen auf den Wollfaden geheftet, als sei er eine Blutspur. Zuerst dachte der Minotaurus, es sei sein Spiegelbild, auch wenn er immer noch nicht begriff, was ein Spiegelbild sei, aber dann erfaßte er, daß der andere Minotaurus ihm entgegenschritt, während er auf dem Boden lag. Das verwirrte ihn. Der Minotaurus erhob sich und bemerkte nicht,

daß das Ende des roten Wollfadens um seine Hörner gewickelt war. Der andere kam näher. Der Minotaurus warf beide Arme hoch, der andere ebenfalls, der Minotaurus wurde argwöhnisch, der andere konnte doch sein Spiegelbild sein, dann schien es ihm wieder, als habe der andere Minotaurus seine Arme nicht gleichzeitig mit ihm hochgeworfen, die Spiegelbilder taten es sonst alle gleichzeitig, aber er konnte sich getäuscht haben, da beide widergespiegelt waren und der andere nun stehengeblieben war. Der Minotaurus machte einen Tanzschritt, die Spiegelbilder auch, doch diesmal tanzten viele Spiegelbilder verzögert, er konnte es deutlich bemerken. Der Minotaurus stand wieder unbeweglich und spähte nach dem anderen Minotaurus, der auch unbeweglich stand. Der Minotaurus versuchte zu denken. Er bewegte den kleinen Finger der rechten Hand, sah scharf hin, bewegte den Finger noch einmal, der andere bewegte den kleinen Finger der rechten Hand, was den Minotaurus beunruhigte, er war unsicher, der andere schien den kleinen Finger an der falschen Hand bewegt zu haben. Der andere Minotaurus stand unmittelbar vor ihm, aber es konnte auch ein Spiegelbild des anderen Minotaurus sein oder ein Spiegelbild seines eigenen Spiegelbilds, es war vielleicht sogar mit Denken nicht auszumachen, der andere hatte, wenn es einen anderen gab, einen Kopf wie er und einen Leib wie er. Der Minotaurus bewegte die rechte Hand, nun bewegte der andere die linke Hand, fast gleichzeitig, aber vielleicht auch gleichzeitig; und wie der Minotaurus all den Möglichkeiten nachspürte, sah er plötzlich, daß am Leib des anderen Minotaurus oder am Leib des Spiegelbilds des anderen Minotaurus an der Lende ein Gegenstand geheftet war, etwas Pelzartiges, von dem der Minotaurus zwar nicht wußte, was es war, aber das ihm bewies, daß er einem anderen Minotaurus oder dessen Spiegelbild gegenüberstand. Der Minotaurus schrie auf, wenn es auch mehr ein Brüllen war als ein Schreien, ein langgezogenes Aufheulen, Aufmuhen und Aufjaulen vor Freude darüber, daß er nicht

mehr der Vereinzelte war, der zugleich Aus- und Eingeschlossene, daß es einen zweiten Minotaurus gab, nicht nur sein Ich, sondern auch ein Du.
Der Minotaurus begann zu tanzen. Er tanzte den Tanz der Brüderlichkeit, den Tanz der Freundschaft, den Tanz der Geborgenheit, den Tanz der Liebe, den Tanz der Nähe, den Tanz der Wärme.
Er tanzte sein Glück, er tanzte seine Zweisamkeit, er tanzte seine Erlösung, er tanzte den Untergang des Labyrinths, das donnernde Versinken seiner Wände und Spiegel in die Erde, er tanzte die Freundschaft zwischen den Minotauren, Tieren, Menschen und Göttern, den roten Wollfaden um die Hörner gewunden, er umtanzte den andern Minotaurus, der den roten Wollfaden spannte und den Dolch aus der Scheide aus Pelz zog, ohne daß der Minotaurus es bemerkte, und die Spiegelbilder des einen umtanzten die Spiegelbilder des andern, die einen roten Wollfaden spannten und einen Dolch aus der Scheide aus Pelz zogen, und als der Minotaurus in die geöffneten Arme des andern stürzte, im Vertrauen darauf,

einen Freund gefunden zu haben, ein Wesen wie er, und als seine Spiegelbilder in die Arme der Spiegelbilder des andern stürzten, stieß der andere zu, und seine Spiegelbilder stießen zu, und so sicher senkte der andere den Dolch in den Rücken, daß der Minotaurus schon tot war, als er zu Boden sank. Theseus nahm die Stiermaske vom Gesicht, und alle seine Spiegelbilder nahmen die Stiermaske vom Gesicht, wickelte den roten Wollfaden auf und verschwand aus dem Labyrinth, und alle seine Spiegelbilder wickelten den roten Wollfaden auf und verschwanden aus dem Labyrinth, das nichts mehr widerspiegelte als endlos den dunklen Kadaver des Minotaurus.
Dann, bevor die Sonne kam, kamen die Vögel.

Gleichzeitig mit dieser Ausgabe
erscheint im Diogenes Verlag
in einer Auflage von 200 Exemplaren
eine einmalige, in Halbpergament
gebundene Vorzugsausgabe,
numeriert und vom Autor
signiert.

*Erstausgabe*


80/85/10/1
ISBN 3 257 01676 X